AF451544

PANTHÉON NADAR

VENTE

DE

DESSINS ORIGINAUX

PAR

NADAR

Lithographies — Gravures

Mᵉ André COUTURIER
COMMISSAIRE-PRISEUR

M. F. MARBOUTIN
PEINTRE-EXPERT

25 Novembre 1910

C. Chardon, Impr., 8, rue Milton, Paris

CATALOGUE

DES

Dessins par NADAR

" Importante partie du Panthéon NADAR "

PORTRAITS

DE

Emile Augier, H. de Balzac, Th. de Banville, Baudelaire, Cain, Daumier, Dennery, Maxime Ducamp, Al. Dumas père, Dumas fils, Théophile Gautier, Ed. et J. de Goncourt, Jules Janin, Lachaud, P. Millaud, G. Moreau, H. Murger, Nadar, Reyer, N. Roqueplan, Rossini. Jules Sandeau, De Villemessant, Ziem, E. Zola, etc.

LITHOGRAPHIES - GRAVURES

DONT LA VENTE AURA LIEU

HOTEL DROUOT -:- SALLE N° 11

Le Vendredi 25 Novembre 1910, à 2 heures 1/2

Me André COUTURIER, Commissaire-Priseur	M. F. MARBOUTIN, Peintre-Expert
56, Rue de la Victoire, 56	2, Rue de Marseille, 2

CHEZ LESQUELS SE TROUVE LE PRÉSENT CATALOGUE

EXPOSITION PUBLIQUE : Le Jeudi 24 Novembre 1910, de 1 h. 1/2 à 6 heures

CONDITIONS DE LA VENTE

La Vente sera faite au comptant.

Les acquéreurs payeront *dix pour cent* en sus des enchères.

L'exposition publique mettant les acheteurs à même de se rendre compte de l'état des Dessins, aucune réclamation ne sera admise une fois l'adjudication prononcée.

DESSINS ORIGINAUX

PAR

NADAR

9 — Emile Augier.	Haut. : 0^m32.	Larg. : 0^m25.
10 — Altaroche.	Haut. : 0^m24.	Larg. : 0^m16.
11 — Roger de Beauvoir.	Haut. : 0^m24	Larg. : 0^m15.
12 — Reyer.	Haut. : 0^m23.	Larg. : 0^m15.
13 — Aimé Millet.	Haut. : 0^m24.	Larg. : 0^m16.
14 — Félix Solar.	Haut. : 0^m24.	Larg. : 0^m16.
15 — De Villemessant.	Haut. : 0^m24.	Larg. : 0^m15.
16 — P. Pelroz.	Haut. : 0^m24.	Larg. : 0^m16.
17 — Lemercier de Neuville.	Haut. : 0^m24.	Larg. : 0^m16.
18 — Jules Janin.	Haut. : 0^m24.	Larg. : 0^m15.
19 — Eug. Pelletan.	Haut. : 0^m24.	Larg. : 0^m16.
20 — Pelloquet.	Haut. : 0^m24.	Larg. : 0^m15.
21 — Ferdinand de Lesseps.	Haut. : 0^m27.	Larg. : 0^m22.
22 — Pierre Dupont.	Haut. : 0^m23.	Larg. : 0^m14.
23 — De Cormenin.	Haut. : 0^m23.	Larg. : 0^m15.
24 — Nestor Roqueplan.	Haut. : 0^m24.	Larg : 0^m16.
25 — Al. Dumas père.	Haut. : 0^m24.	Larg. : 0^m16.
26 — Al. Dumas père (de profil).	Haut. : 0^m31.	Larg. : 0^m19.
27 — Paul Lacroix (Bibliophile Jacob).	Haut : 0^m24.	Larg. : 0^m16.
28 — Ch. Matharel de Fiesne.	Haut. : 0^m24.	Larg : 0^m16.

N° 25

N° 50

29 — Louis Boyer. — Haut. : 0m24. Larg. : 0m15.
30 — Christophe. — Haut. : 0m24. Larg. : 0m16.
31 — Jean Gigoux. — Haut. : 0m23. Larg. : 0m16.
32 — Cain. — Hautr : 0m23. Larg : 0m16.
33 — Desquiron Saint-Aignan. — Haut. : 0m23. Larg. : 0m16.
34 — Mirès. — Haut. : 0m24. Larg. : 0m16.
35 — Nadar. — Haut. : 0m31. Larg. : 0m24.
36 — Baudelaire. — Haut. : 0m31. Larg. : 0m24.
37 — Jules Sandeau. — Haut. : 0m31. Larg. : 0m23.
38 — E. Zola. — Haut. : 0m33. Larg. : 0m24.
39 — Polydore Millaud. — Haut. : 0m31. Larg. : 0m24.
40 — Timothée Trimm. — Haut. : 0m2. Larg : 0m4.
41 — G. Moreau. — Haut. : 0m3. Larg. : 0m25.
42 — Rossini. — Haut. : 0m31. Larg. : 0m23.
43 — Lachaud. — Haut. : 0m31. Larg. : 0m24.
44 — Théodore de Banville. — Haut. : 0m31. Larg. : 0m24.
45 — Daumier (Plusieurs dessins et croquis). — Haut. : 0m0. Larg. : 0m48.
46 — André de Goy et Edouard Martin (au verso). — Haut. : 0m42. Larg : 0m25.
47 — Nadar dans la nacelle du « Géant ». — Haut. : 0m31. Larg. : 0m23.
48 — Auguste Luchet. — Haut. : 0m24. Larg. : 0m15.

LITHOGRAPHIES

N⁰ 57

N⁰ 64

GRAVURES SUR BOIS
D'après NADAR

97 — *12 Gravures :* Le livre des 400 Auteurs (4 pl.), Alf. de Musset, Eug. Scribe, Proud'hon, Alphonse Karr, Téophile Gautier, N. Roqueplan, Jules Janin, Emile de Girardin.

98 — *16 Gravures :* Mariage de Balzac, Timothée Trimm, Béranger (2 pl.), Lamartine (2 pl.), Victor Hugo (2 pl.), Alfred de Musset, Th. Gautier, Alfred de Vigny, Al. Dumas père (3 pl.), Al. Dumas fils, Aug. Maquet.

99 — *15 Gravures :* Proudhon, Louis Blanc, Thiers, Jules Janin (2 pl.), Jules Sandeau, Gustave Planche, Paul Lacroix (Bibliophile Jacob), Léon Gozlan, Émile de Gérardin, Méry, Gérard de Nerval, Louis Desnoyers, Hippolyte Lucas (2 pl.).

100 — *19 Gravures :* Eug. Scribe, Paul Féval (2 pl.), Alf. de Musset, Matharel de Fiesnes, Clairville, H. de Balzac, Gustave Planche, Gérard de Nerval, Louis Desnoyers, Frédéric Soulié, Alphonse Royer, A. Pouroy, Viennet, Félix Pyat, Théophile Thoré, Léon Gozlan (2 pl.), Achille Jubinal.

101 — *18 Gravures :* P. Molé, Amédée Achard, André Thomas, Etienne Enault, M. Aycard, G. Desnouaretaire, Le Poitevin Saint-Alme, Balathier de Bragelonne, Granier de Cassagnac, Félix Solar, Paul Crubailhes, Jacques Arago, Eug. Mahon, Etiennez, Desquiron Saint-Aignan, Lesguillon, Henry Cellier, Elie Berthet.

102 — *18 Gravures :* Félicien David, Ch. Asselineau, Alphonse Esquiros, E. Marco de Saint-Hilaire, Elie Berthet, Rachel, Eug. Guinot, Albéric Second, Louis Huart, Altaroche, Albert Clerc, Cl. Caraguel, Louis Lurine, Roger de Beauvoir, Ernest Alby (2 pl.), Commerson, Michel Masson.

103 — *19 Gravures :* Grévy (3 pl.), Lockroy et Clémenceau, Naquet, Gambetta (6 pl.), colonel Langlois (2 pl.), Conseil Municipal, Thiers (dessin). Sujets divers (4 pl.).

104 — Déménagement de l'Assemblée Constituante.

Contre-Epreuves Lithographiques

No 47